时间的训诫

郁创 著

华文出版社
SINO-CULTURE PRESS

图书在版编目（CIP）数据

时间的训诫/ 郁创著. -- 北京：华文出版社，2023.5
　　ISBN 978-7-5075-5783-1

　　Ⅰ．①时… Ⅱ．①郁… Ⅲ．①诗集－中国－当代 Ⅳ．①I227

中国国家版本馆CIP数据核字(2023)第073224号

时间的训诫

作　　　者：郁　创
责任编辑：雷　平
装帧设计：圣轩文化
出版发行：华文出版社
地　　　址：北京市西城区广外大街305号8区2号楼
邮政编码：100055
电　　　话：编辑部010-58336277　发行部010-58336202
　　　　　　总编室010-58336239
经　　　销：新华书店
印　　　刷：北京建宏印刷有限公司
开　　　本：880mm×1230mm　1/32
印　　　张：6.5
字　　　数：122千字
版　　　次：2023年5月第1版
印　　　次：2023年5月第1次印刷
标准书号：ISBN 978-7-5075-5783-1
定　　　价：59.80元

版权所有，侵权必究。

序

被"时间训诫"的时间主人

李 钺

文明社会的历史,可称"人文时间"。一个个体的生命,从出生来到世上,就开始被"时间训诫",同时又是时间的主宰——这是关乎历史哲学的命题和社会学意义所在。诗人郁创将此作为心理认知和创作历程的"符号化",大概如上所指吧。

诗是一瓣心香。欲读郁创的诗,可探究了解其人。郁君祖籍江南常州金坛,生长于川西平原。文人的遗传密码深植于他的血脉性情,颇有一种玉树临风的超然感。大学中文专业的学习及毕业后从事的教学、编辑工作等经历,筑造了他良好的写作素养。郁君的情感丰富、细微且敏锐,显示出才子多情的一面;另一面,他的诗更注重肆意抒发,信马由缰,而诗中的思辨,显示对厚重感的"隐忍"。

综观其诗,既充溢思想的守正,又不乏对真实感情、现实场景、社会伦理等的思考和呈现,是诗人以时间为轴心展开的立体式精神生活画卷。

>过去的时光，在空间里训诫
>相隔一条人行天桥的房间里
>正在生长一些忧虑的目光
>　　　　　　　　——《怀念》
>顺从肉体的支配。从第一声啼哭
>除此之外的视力在形而上之外
>由点到面再到欲望的支点
>　　　　　　　　——《叛逆》
>谜团的光线尾随而至
>小蜜蜂停摆，蜻蜓魔幻般隐没
>逡巡的视线闪着迷迭香
>一路护佑，一路飘散
>　　　　　　　　——《栀子花》

诸如这些诗作，从内在入手，以情感铺路，达到了物我一体、浑然天成的艺术效应，给人以审美的想象和"理"的道痕。

在诗歌技巧的运用上，郁创较多秉持一以贯之的创作方式及艺术手法，具有明显的个性化和辨识度。坦率地说，这虽是郁君所独有的诗歌创作风格，但也局限了其技术的创新和发展。当然，作为一个孜孜不倦探索的诗人，郁创也在研究并改变，只是我希望他的步履更大一些、思域更宽一点。

郁创在生活中，低调平易，不事张扬。他宽宏大量，与世无争。涉猎题材兼收并蓄，写身边的人和事，写心性的感受；对诗歌活动，他尽量参加，善于交流，虚心听取他人意见，也对诗友们多加点赞与鼓励。从这些点点滴滴，可见其为人之真、为事之诚，诗美也达到较高的水准，比如："鸣叫永远是我的嘴唇的吻/蝉噪永远是我留下的文字（《今天》）。""爱是短暂的无限的谱系/是永恒的撕裂后的无声的/有聚与散的距离（《后认知》）。""呷一口中年的酒在唇齿/推杯换盏各自的套路/野菜深藏不露地复述/枯竭的时光/暗自的喜忧（《母性起身》）。""在这盛大的露天花园里/鸟鸣没有忧伤/如同我刚从母体分娩而至/可以自由呼吸的温床（《温床》）。"

时光的雕刻固然不可回避，但人性的真善美带给了人生的精彩。借用萨特夫人波伏娃的句式，"男人不是天生的，而是后天成为的"。郁君这个被"时间训诫"、生活磨砺的男人，注定主宰着自身的内心，掌控着自己的情感，并外化于诗，最终形成洋溢人文精神和审美意义的个人史。

（李铣，中国作家协会会员、《四川诗歌》副主编）

目 录

第一辑 怀想，在尘埃中拥抱阳光

疼痛年岁已高 …………………………………… 3
个人的冬至是孤独的合订本 …………………… 4
不变的注视 ……………………………………… 5
一半瞬间 ………………………………………… 6
悸动的抚慰 ……………………………………… 7
油彩被谁收回 …………………………………… 8
路过我从未路过的 ……………………………… 9
母亲的日常 ……………………………………… 10
褪去翅膀露出筋骨 ……………………………… 11
支离破碎的安静 ………………………………… 12
致百年后的未来 ………………………………… 13

经过时 ………………………………………… 15

低吟浅唱 ………………………………………… 16

妄　念 ………………………………………… 17

无条件 ………………………………………… 18

剜割时序 ………………………………………… 19

空的分量 ………………………………………… 20

一尾忍耐的鱼 ………………………………………… 21

未曾提及 ………………………………………… 22

你是，又不是 ………………………………………… 23

经过并记下 ………………………………………… 24

看清转动中的齿轮 ………………………………………… 25

月末短语 ………………………………………… 26

怀　念 ………………………………………… 27

听自己的沉默 ………………………………………… 28

冰冻二月 ………………………………………… 29

为了一次弦外之音 ………………………………………… 30

躁动着肉身的惊醒 ………………………………………… 31

温暖的二月 ………………………………………… 32

四　月 ………………………………………… 33

野地的风 …………………………………… 34

匀称的不可能有想象中的甜蜜 ………… 35

活 法 ……………………………………… 36

叛 逆 ……………………………………… 37

茶 园 ……………………………………… 38

那一条江 …………………………………… 39

温习贴 ……………………………………… 40

只有一刹那的漏洞 ………………………… 41

都有这么一次,在细雨中看着 ………… 42

在词汇的色差里 …………………………… 43

回 味 ……………………………………… 44

是语言,不是爱 …………………………… 45

母 亲 ……………………………………… 46

不会走丢 …………………………………… 47

在你的碑前 ………………………………… 48

我是羞耻的 ………………………………… 49

一个人的小年 ……………………………… 50

一 天 ……………………………………… 51

折 磨 ……………………………………… 52

不知时间 …………………………………… 53

与生活邂逅 ………………………………… 54

深 渊 ………………………………………… 62

祈 祷 ………………………………………… 63

毛 衣 ………………………………………… 64

回忆父亲 …………………………………… 65

走着走着 …………………………………… 67

不是选择 …………………………………… 68

指 纹 ………………………………………… 69

合 唱 ………………………………………… 70

众 生 ………………………………………… 71

尺 寸 ………………………………………… 72

没有瞬间的孤灯休眠 ……………………… 73

第二辑 感悟，生活磨砺中的觉醒

重新凝视 …………………………………… 77

以什么智慧才可以 ………………………… 78

隆冬不会与夏天吻别 ………………… 79

逃离并避免 …………………………… 80

红尘在这里安静 ……………………… 81

留住了就是永恒 ……………………… 82

不能做喜欢做的事 …………………… 83

祭　日 ………………………………… 84

概预算如五里云 ……………………… 86

在父亲病房 …………………………… 87

浓缩的长眠 …………………………… 89

再见的日子不多 ……………………… 90

不虚此行 ……………………………… 92

素　描 ………………………………… 93

谁　是 ………………………………… 94

谷　雨 ………………………………… 95

舒服的时候 …………………………… 96

潜伏的课程 …………………………… 97

今日三九 ……………………………… 98

而我不说 ……………………………… 99

独　语 ………………………………… 100

相逢与别离 …………………………………… 101

选　择 …………………………………………… 102

一壶酒里的故乡 …………………………… 103

后　来 …………………………………………… 104

腊月的引子 …………………………………… 105

散步人间 ……………………………………… 106

念　想 …………………………………………… 107

简单的真实 …………………………………… 108

无　解 …………………………………………… 109

盛大是目光的泛滥 ………………………… 110

痛苦的经过 …………………………………… 111

三楼空间 ……………………………………… 112

五月的父亲 …………………………………… 115

病床前 …………………………………………… 116

笑　声 …………………………………………… 117

清晰的名字 …………………………………… 118

哑　谜 …………………………………………… 119

呼嚎以外 ……………………………………… 120

分行不能解决 ………………………………… 121

抢救黑 …………………………………… 122

后认知 …………………………………… 124

九月识 …………………………………… 125

独　思 …………………………………… 126

寓言在过程中结束 ……………………… 127

看　山 …………………………………… 128

离　开 …………………………………… 129

自醒书 …………………………………… 130

西　去 …………………………………… 132

谈诗歌 …………………………………… 133

不是恍惚的片段 ………………………… 134

读石头 …………………………………… 136

走失了中间的一个字 …………………… 137

老照片的距离 …………………………… 139

思　考 …………………………………… 140

没有答案 ………………………………… 141

逃 ………………………………………… 142

减　法 …………………………………… 143

认　定 …………………………………… 144

秋　聚……………………………………	145
一行病句…………………………………	146
渡过愧疚的山门……………………………	147
麻　雀……………………………………	148
池　塘……………………………………	149
河　边……………………………………	150
赶　场……………………………………	151
身在其中…………………………………	152
冬　日……………………………………	153
更多的时候………………………………	155
遗　忘……………………………………	156
母亲的忘却………………………………	157
立秋雨……………………………………	158
秋风至……………………………………	159
访拙政园…………………………………	160
红　杏……………………………………	161
温　床……………………………………	162
没人回答…………………………………	164
回忆的固执………………………………	165

一场如夏雨的空间中 ································ 166

时间之刃缓慢雕刻 ································ 167

诗　歌 ······································· 168

第三辑　回首，八十年代的青涩

距　离 ······································· 171

为了那一瞬间 ··································· 172

感　受 ······································· 173

因为您就是一切 ································· 174

只因有了您 ····································· 175

纵　然 ······································· 176

致流星 ······································· 177

也　许 ······································· 178

夜之思念 ····································· 179

忆 ··· 180

这　里 ······································· 181

无　题 ······································· 182

第四辑 一束光的路径

冥思录……………………………………… 185

故乡软语……………………………………… 188

后　记……………………………………… 191

第一辑

怀想，在尘埃中拥抱阳光

第一辑 怀想，在尘埃中拥抱阳光

疼痛年岁已高

独自承担仍然还没有停止的琴键
五线谱回响渐渐褪色的回忆
飘散与坠落的滑翔
雪花料峭
过去的沙沙妙音踩着斑白

身后是收集不拢的风声
迷失和惶恐，必须在异乡空旷
寒冷包裹一个人的流浪
寻找留存在背景里的歌谣

刺破泪痕的乐音，隐藏不能
弥补的伤怀
瘦削的遗忘里有共同的对望
依然还是一份正在斑驳的柔情

个人的冬至是孤独的合订本

阳光中的风开始变黑
刺目的黑花瓣在白菊花的安详中

腊梅以冰状的薄翼凝固结局
凝胶的沧桑在枯萎

面孔静立
拉不紧端详的鞠躬

空旷无声
空寂缩小为石碑

再大声的眼泪也没有回声
脚下就是不能升起的记忆的渊

没有柔情的肃穆
证据随时间风化

第一辑 怀想，在尘埃中拥抱阳光

不变的注视

敞开着的大门没有门，沉重的
飞鸟没有云的影子

面对禁语的幽静，不能触及
未能伸出的在秘密中

体温不再感知
凝固的记忆浮冰晶，火已融化

就保持不变的注视
面对面也不会再次认识

一半瞬间

不是一句话没有说出,门缝
如悄悄的花瓣,不愿让日子被推开

书脊在温柔的灯晕里
滑出猫的外套和侧颈的慵懒

某一页火等待点燃

太多无语的门始终关闭
抚摸的距离属于凝视,相互
吞噬的话,面无表情

哪怕留下一丝开春的透彻
一滴腊梅开败的狼藉

想听你,想听你

谁来缝补一根针的穿刺
没有问题就是问题

第一辑　怀想，在尘埃中拥抱阳光

悸动的抚慰

空间没有概念，被物质的门关住
倒车无关车技、路灯、警示

悬崖没有转弯灯

厚实的衣裳才可以抵御
太迟的掌声

急于敲击那只鼓

宠物和它深情的爪子
刺出短暂的声音

背过身体的口吃
醉倒后又醒来

油彩被谁收回

模糊的湿润缓慢溢出
看不见渺小的背影

风吹着,融化刚刚降临的尘埃
地平线站在说不出的那一半

拥有的不再重复
花匠的剪刀停止筛选

不愿还原的露水
吞下喘息的寂寞

什么都没有消失
泼出的油彩被谁收回

第一辑　怀想，在尘埃中拥抱阳光

路过我从未路过的

有了结果，等待与接受的忍耐
瞬间落空
即便由回顾去拈起

是还在生成的那部分
时辰没有到
谁给出了答案

飘坠的是雪的血
是曾经与视而不见
路过我从未路过的

听得见悠远的牧笛
证明形态变化身不由己
钝化想象中的轨迹

母亲的日常

我是你未曾衰老的视力
影子附着很多梦幻

属于遗忘、迟钝、模糊
凋谢如已经不可见的村庄

片段回忆没有发芽
只有关门、关灯、弥漫的中药

疼痛在皮肤，在关节刺痛眼睛
很多音节失去嘴唇

守着旧的房屋和日渐锈蚀的脚步
用散步、晒太阳和不眠来拉紧光阴

第一辑　怀想，在尘埃中拥抱阳光

褪去翅膀露出筋骨

以枯萎的肢体
冷看不变的死亡与冰冻
此刻只有一种迁移
在云之上
不言语的裸体
禅定
对天对地对不关注的
在落叶教诲完后
再次以不死之身对自己
默默致意
只想做一个柄
在天空的镜片中
燃出燃点

支离破碎的安静

灯罩保护默契。相互没有点破
支离破碎的安静
面向无形路上相背的缝隙

念着枯萎的名字,新巢在静候另一侧空间
照片沉底,难辨过去
未知湖面是各自的经卷

给予在承受里有难言的幸运
离别是永恒的恩惠
愈来愈多的痒和痛,隐晦地叫不出声来

第一辑　怀想，在尘埃中拥抱阳光

致百年后的未来

此刻，仅仅是正在盯视的这种状态
在未来必然出现
已经在过去出现过的，将在你
不断翻阅自己时

照片、证件、故事都会模糊并失传
生日与忌日只会在亲密的几代人的眼睛里
准时点燃
——唯一的空间里，与你们见上短暂一面

百年前已经不知从何而来
百年后，只有留下的文字记录供给
曾经的痕迹、留恋、纪念之间
是轮回的晨昏、四季、二十四节气
一样，又完全不一样

留存的基因是现在的我们
也是将来的你们
永远不认识，更不会见面

只有文字可以睁开眼睑

我会在那时苏醒
就像我又一次活过来拥吻
无限的他们、我们、你们和未来

第一辑　怀想，在尘埃中拥抱阳光

经过时

偶尔在背面或侧面
斜着的光照
知道密丛离抚摸有很长久的距离
克制着，不属于风的吹抚

光亮的外套、看不见的妆饰
轻轻地着陆，在燃起你对他的体温处

未能灭绝的舌头上
共同的味蕾此起彼伏

回到赫拉克利特的河岸
白鹭的喙从高空羡慕而不自知

低吟浅唱

平静的泥土不解释
她识别感知的节令

枯荣的时间里有着生生死死
的虔诚与歌吟

大海是孕育的象征
岛礁溅出的喧哗是她的遗嘱

巢的尺寸繁衍
人间的脚步才不会生锈

第一辑　怀想，在尘埃中拥抱阳光

妄　念

青菜在包装里不能说服早餐
炉火点燃湿润的午间

田地里提供挑选的脸色
枯树的肢体里包裹深渊

没有任何声音能够覆盖曾经
——被圈禁的诱惑

人群不适左右
月亮在熬夜中消磨

在抵消里等待
为了飘过眼前的妄念

不知醒在谁里
还有谁于岸边沦陷

无条件

反光。玻璃幕墙有熔化的波纹
假象反射,映出弗罗斯特的小路

另一瞬眼睛的洞见
几何形状修正高空的规则

以刺目的侧面演绎
没有正面回答提问

颜色的瞳孔
盲点没有按键

剐割时序

一定是宠物般的时间
更多柔顺的绒毛，找到一些
枝叶上醒来的清晨

丢失重新捡拾
来不及模糊的断头线
被摸不着的指针剪为碎片

从早到晚构件的格式
解析多种不等于
停顿的伤口堵住失语

音色失真
胶片仍然旋转
比遗失招领还要迷茫

空的分量

庚子年接近过期
幸运的标签套住牛的蹄子

有人获得了属于自己的期待
自信独立空间里听不见风风雨雨

房间内的光阴迁徙到另一个落脚点
烙印刚刚开始

杯子寂静停止在桌面
没有了往日的早餐和蓄满的水

习惯的声音、推门和开灯的动静
停止并消失在腾空出来的空虚处

减轻了三分之一的重量
搬走了三分之一的记忆和触摸的重量

灯光填补每一个角落
却提不起空空的分量

一尾忍耐的鱼

那一天从时间的结绳
进行修正

年月日小到模糊
远郊溪流处

钓虾。父亲动作轻盈
鲜虾肉和几句话一起吞下

"等待、耐性、盯住"
"流水没有记忆"

"阅读记录就是一辈子"
"时间的钓竿下有一尾忍耐的鱼"

直到现在我还在等待
父亲说的那条鱼和我同时咬钩

未曾提及

声音的重量已经分解
曾经魔幻的化身
出现在斑驳的距离中

既非原封不动的镜子
不可复原地揭开
单调地重复茂密

合唱变成不协调的尾声
独饮原地踏步的复调
弥补插枝带来的假象

气息覆盖缝隙
填补树荫下的摇曳
饥饿的巢穴犹豫结局

你是，又不是

你是，又不是
单数的水滴不变

融入第三条岸
容貌被扭头，返回

常青藤铺满，无时间
伪装的颜值

行走再远的宿醉
抵押不了路面

——谁是记忆盛开的
唏嘘

经过并记下

这一切都是
曾经、回味、想象
都是另一个我的声音和不消散的回音

交给自言自语,甚至更多的
只有如几个印张的人,才知道
认识你的下落

让那曾经、回味、想象的你
充分展示又藏在影子里
河底的淤泥,根爪的呼吸

风的腔调,柴火里的血、眼泪
——在。也不在
——不在。也在
——曾经。现在。未来

看清转动中的齿轮

没有什么不同,仿佛又在变化
咀嚼明与暗的交错
无穷在回味里短促而易逝

留下不能清点的片段,如此刻
正在流经的流水
那些新绿、嫩嫩的色彩
是枯枝上吐出的秘密

犹如固定的钟点被谁牵引
快速行驶在缓慢加深的皱纹里
担惊受怕盆栽中的雪柳、挖耳草、一年蓬

阶段性的季节一样又不重复
是时候了,唤回搁置太久的金盏菊
打开防腐木的栅栏

扣紧沉默的齿轮
痕迹抓住不停地转动
开门的人是我

月末短语

当成植物
选择不为左右

飞翔的轨迹
外来的声音只有云层

谁证明这是大街
荒漠铺写沙漠

隔墙里是狭窄的水
滋生渴望

那些听惯的乐音
准备在每一个听不见的时刻

重温神话
一直活得信誓旦旦

怀 念

过去的时光,在空间里训诫
相隔一条人行天桥的房间里
正在生长一些忧虑的目光

熟悉的再一次狠心熟悉
春来冬去仿若我们的痛痒
停滞的月色关闭

没想到过遗忘
没亲手触摸刺痛的哀伤
世间这座救难的庇荫地
不能把渐渐衰弱的呼吸撑住

和弦由此崩断
主角已经不在黎明的现场
仅在怀念里留存最后的远方
还有淡淡的影像

听自己的沉默

失去音节的喉咙，可以填满
往日堵塞而今却空旷的街道

龟缩在惶恐的牢笼，听自己的沉默
多出来的空间里滋生霉斑和病变

拐点不是蒙面人的意愿
张贴在呼吸内的距离

空寂的时间里长出了重量
压住不敢轻易咳出的文字

只有一首固定的船，停泊日出日落
却没有水手可以起锚

听见春光落地的猫叫
阵痛的分娩诞生

冰冻二月

空荡荡一眼就可以看穿
冷清清冰冻的二月

暗语的开关足不出户
刺目的通告亮出寒意

逆行的目光
在炼狱对灵魂进行拷问

我的爱很短浅
短到只隔一座人行天桥

桥的对岸已封闭
母亲一人被囚禁

浅浅的夜晚是我步行的船
涌进浅浅的洗脚水里
温暖孤单

为了一次弦外之音

这是曾经刻画过晨昏之间的声音
消失的只能是熟悉的耳朵
轻浮如忧伤的细雨

中断是为了一次弦外之音
磁场很大,没有谁的手指
能够演奏圆满

谢幕没有掌声,只有眼泪拥抱
没人补完的曲调继续行驶
睁眼猛吸未来的气息

音乐的慢节拍中,一切都变得渺小
而沿途的歌声已悄然绽放
转身无语的只有背影下的暮色

时间静止在过去与未知的身体里
发酵为骨骼的品质

躁动着肉身的惊醒

踉跄地在抽屉的灰烬里
计算祭日

必然的消失,由每一具形体承担
看不见腹内的自己
火化在幻想里扫视外界
只有骨骸接纳哭泣

已经不是您:昨日与未知
不可预测地落在自言自语的伤口
没有痛彻魂魄的嚎啼就不是死里逃生

孤寂的笔尖挑破烟火
苍穹为之隆重的闪着光

温暖的二月

温暖的二月,锈迹开始退化
青铜般的表情里闪动着睫毛

被捆住双手的雪花在江南的池塘
怀念天鹅的交颈戏台

没有入土的微笑,仍在冰冷地等待
老街上的路灯,再也不为折断的钥匙醒来

送你一段死灰复燃的羞愧
没有阴错阳差的萤火

反剪影子的嘴唇闭口不言
即将肉芽的春色还魂

那些章节铺满皱纹
我是我自己的秘密随风融化

四 月

分娩的痛苦
——活着的标志
在时间的短绳上
结账时做个死亡记号

节气中只有四月是尖锐的
替再也不能张开的嘴
诉说一些追悔的话

旁边的草不顾自己的枯萎
始终追随和守护着目光的抚摸
百年之后由我们来替代

解不开的四月
以后,我们将不知去向

野地的风

应该是被自己控制了
飞逝而去的并没有抓住过
留下的沙漏瞒着阴晴圆缺

阳光中感到一丝阴影部分
还留在原地的空隙中
然而寂静中的喧闹却残废了
安静地荒芜

遗忘是此生最幸福的静物
每一次看见就加重衰老
那些脚步声从来就没有来过

如同还没有相爱的时候
只能想象如野地的风没有吹拂什么

匀称的不可能有想象中的甜蜜

必须是由外衣的皮或者
是轻红轻绿的障眼法
留住了一直想崩溃出来的
汁液

一辈子的隐秘就是采摘
后的不后悔
把酸甜苦辣让另一种
唇尝一尝
咽下曾经不知的风霜
与不知的想象

活 法

黑夜——不眠的道场
受伤的风穿刺未曾张开的耳郭

有人提前预订了宁静
准备在山坳处把衣衫上的颜料
插在盆栽植物的叶上

时间不指认、不告诫、不悔恨
没有无辜的对视在深不见底的胸腔
没有苏醒的继续沉沦
幸运也是不可挑破的转轮

还有的提着肉身的火把
欲将自己烧得通明
毕竟不能含愤叫屈

流水不等待山峰的坐化
只有咔嚓的剪刀留在空间里

叛　逆

顺从肉体的支配。从第一声啼哭
除此之外的视力在形而上之外
由点到面再到欲望的支点

你来就是意外,张弛有度的挥霍
本就不是云可以带走什么
日子不可能在深呼吸里道破

记忆模糊无规律的松动
目标的弱点被心理操纵
达到极限的自尊裸露着
面无表情

无字碑故意没有记录
欲望参与了猥亵的逃亡
堕落是另一种身体的中性词
为抗拒出售潜意识

茶　园

准确地说，这是繁华处的一个补丁
屋檐低矮破败犹如荒野一角

在一杯茶里缓慢拒绝外面的喧哗
享受下午的浓阴和酸涩的家常

小猫仔窥视一只小黄狗的午眠
轻轻用左花拳对着秀腿挑衅

毫不畏惧满院的茶客
穿梭戏闹于竹椅的阵地

我的内心里已经少了猫戏犬吠
它们正代替那些稀缺的儿戏

那一条江

距离那条江还有些陌生
江水的电流关机
堤岸喧闹着盲音

未能接通的忧虑接近崩溃
已经在忧患无语中浸得太久
沉默是旋涡里游动的鱼

忘记是长寿的灵丹
安眠药没有惊醒
明日的天问可否留下我的病句
插入竞技的秸秆
刺激泡沫下无声的眼睛

温习贴

从天而降是暴雨的审判
缺席的悼词纷纷辩白
——公正潸然泪下

喙藏进了阵痛的叶丛
沉寂在眼睑
——树梢迎接浩瀚的回眸

无名草以种子的名义扩建庙宇
行道树举着湿漉漉的寓意
——沟缝说着看不见的话

吻已经枯竭于藤蔓
伏天里寂静着繁星般的蕊衣
——序曲在果核里

擦肩而过的潜台词
不甘在皱纹里老去
仍在路上断句

只有一刹那的漏洞

不知道从前从何而来
今后仅仅有一处
是我读不出和看不见的地方
只有一刹那的漏洞
属于我
不能选择的幸好

天在另一边睡着
白玉兰开到了繁盛，正在脱去冻僵
幸好是路过，没有更多的忧伤
供双手焐热

有一丛藏身在光天化日
游走在无限的呼吸里
幸好没有感染疲惫
爱我的都在给我写星星的蓝色字条

有足不出户的孤独
在狭小内心怀揣四面八方的风声
并和它们握手言和

都有这么一次,在细雨中看着

常青藤掩埋的子宫
孕育不再分娩的黑暗

你正在安详地守着生长
将睁开的眼睛闭回脐带
我期待你的胎动

名字在江南的池塘里闪烁
月亮给你证明

期盼啼声在入睡时传来
用小名系在额头
挂住明亮亮的故土

都是儿子和父亲
还在换乳牙
嚼碎不凋谢的菊花

在词汇的色差里

其实再简单不过了
可以少吃多餐,指马是猫

私聊的视力变迁,追溯游戏
至少可以不进入埋伏圈

狼奔也是一种花匠的手艺
鼻孔传授嫁接的处方

酒过三巡的礼仪被背诵
一饮而尽言不由衷的听觉器官

藏得更深的挑逗,在色差的词汇里逃亡
留下看不见的相片,比声音更无声

回 味

陡峭的视线在不停地转弯追问
前方与周边葱茏着惊叹
犹如转世又如叩问在朝圣中

来时的路径已经消失
在或者不在的地名,还在树梢里摇晃
迷失在情绪的清幽

一手的距离却让山峦捉弄
大约是一生的时间
才落座于桃红柳绿的拥抱

夜色坠入归途
想说的话记录在拨动的指尖
摩挲唇语的呢喃,如把星星的果核
留在回味的枕间

是语言,不是爱

是语言,不是爱
空气里充满不确定性

允许犹豫如一枚钉子
挂的方向决定了正与反的摇摆

涉及的建议是过去式
游戏在桌面任性

鸟叫于出笼时的探头探脑
一言不发的是所见

选择与别无选择对话
沉默最先打破叹惜

母 亲

手指掐去谷雨的尾翎
细雨倾斜的脚步愈来愈蹒跚

简单的日子细嚼慢咽
和还童为天真的唠叨问题

只在小院子里佝偻着缓缓挪动
背影歪斜了重量与平衡

"不说话等于闭嘴"
天气预报成了知心伴侣

中药几乎成了每天的教理
三分苦毒却能让口舌生津

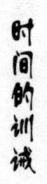

不会走丢

无论何时何地,我都是你的拐杖
在一起时,总是习惯地
手牵着手,掌心紧紧相贴

想象童年的我也一样
在孕期没有分娩
你的眼睛盯住我,寸步不离

不动声色的时间,仿佛在
刹那间使你的白发不再返青

而我,是有来处的
我的啼唤还永远有柔软的应答

就这样形影不离地手牵着手
依赖与信任这辈子都不会走丢

在你的碑前

枯枝在五月的凝视中更显孤寂
与众不同的骨节没能抓住一晃而过的四月

落尽了欲吐出的言辞,风也不知道
其中一动不动的禅修的密咒

头上有跳跃的叶在挪移
是鸣叫的花蕾代替你的重生

替你说出未说完的细节
如同我们父子共同阅读满面的晴空

我喉咙里冒出来的全是你的神态、语气
在五月的时光里泪流满面

我是羞耻的

我是羞耻的
——精神压力最密切的乳腺癌
是由负面情绪与环境而至

我是羞耻的
——西边青城山的家里只有一个人
清扫着不敢望穿的乌云

我是羞耻的
——在今年,才牵着母亲的手去新华公园
看过年时的红灯笼

我是羞耻的
——父亲还没有回过头醒来
戴了一辈子的眼镜已不见踪影

我是羞耻的
——还在写着这几行不痛不痒的唏嘘

一个人的小年

腊梅是对消瘦的往季的拯救
不露痕迹地冒出寒冬的暖

人迹、车流,已经疏通了拥堵
红灯笼在树枝上燃烧鞭炮

直白的事情,家家户户明晓
南来北往的姓氏在此时都已经装进了行囊

为了一个家字
为了一声爹娘
为了一个故乡

妻子在仅有的时间里
去关心她的多肉小美女
像是去看望恋人的目光
儿子去拉萨开一天的会
飞机的羽毛可会有年的云霞

一 天

新的一天，对于你而言是陌生的
幸福回归的一天
这里有陌生的熟人，听不明白的方言

更多的沉默和你保持同等的距离问安
都有点耳背
走的时候很久都没戴眼镜
你享有第一排雅座的清楚视线

你将痛苦了一年的隐疾飞灰
给我们留下沉痛的酸楚和悲戚和回忆
再也听不见我喊你父亲、老爸
安然地决绝而去

缠住满身的管子拆除了
你安详地、永不返回地
没说一句话地决绝在：
2019 年 12 月 22 日下午 4 点 15 分

折 磨

没有下一辈子的回顾了
已经被巨痛疼苦了

只有这种极残暴的伤害
让我们亲如兄弟与手脚

亲近着形影不离
每天都是疾病的游戏

密集的抚摸、肌肤的浸润
从未有过
儿时的记忆,已经碎了

这种甜蜜时光是共同的行为
却残暴如陵墓之间的阴沉

不知时间

——致李韩沈

时日只在你的右手
右手在同学的目光里举起
用最后的力

我们的曾经都是经历
经历了我们的曾经

还相似如熟悉的兄弟
如此刻你的平易

你的兄弟在江南以远
我的兄弟都在你的床前
——父亲的挥手里

读懂了几十年的情谊
无须辨识

与生活邂逅

1
除非对一切进行沉默
你也是你的非你
组装着之外的你
深渊和你不能和解

2
尖锐挂在突出的嘴唇
聚会在遥远的幻的热情
刚解冻的四月
花季的夜雨骤然翻江倒海

没有酒的虚荣
虚荣也不是虚荣
占有与付出并非对立的和棋
一着不慎,倒下世间的门风

3
尊重道德的纪律

被斥责有伤道德
替罪羊挂在刀刃
信者默默无闻

风起不见人
明白人不明白

形成倒刺

4

毁灭外壳的流线型
完美得空虚
核心出现

需要外衣的伪装
不善于裸露羞涩
亵渎于来回扫视的自己
是否定，也是重生

5

男人的语气
一直就是抚摸的姿势
蓝天与暴雨
享受相互

6
历史是有表格的
不能背诵用来考试
其中的路口的标牌或指示各有各的认识

视野里不尽是牧歌
所有的是泥土构成
鞭子与犁刀
是你的背

7
确实无需情绪
时间始终是冷却的冰
没有什么脸色
而后人的眼神
让历史猜测

8
明日立冬，未曾寒冷的词语
正在走过

决裂不是分离
每一颗种子都有不是
别人的生与死

9
时间在暗夜里等待
寂静中的寂静是一种象征
梦在咀嚼纠缠
四肢的姿态如盛开的小径

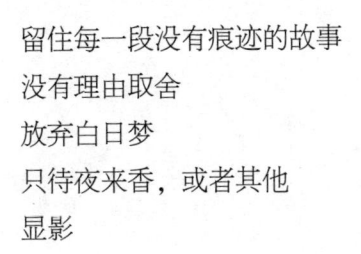

留住每一段没有痕迹的故事
没有理由取舍
放弃白日梦
只待夜来香,或者其他
显影

10
最后的命

母亲在装饰一新的卫生间里
准确地说是新安装的淋浴房里
因年龄的沉重、白发的沉重
沉重地跌倒

此时,我们正在讨论黑夜与白昼的对立
要么走进黑夜刺伤自己
要么融进白昼
让自己不是对立的自己
反唇相讥

要健康的友谊的四季
不与想象的事物交谈
可以自绝于文字的领地
只能悄悄地无言无语

要健康地活下去
这是个慎重的重大问题

11
肉体是物质的被告
都站在同一个栅栏前
祈祷是温暖的阶梯
抬我们上升
到没有人抚摸到的虚无

中间的门永远敞开
没有眼睛、没有皮肤、没有嘴唇
——走向无尽的,也可以逗留的
无话可以描述

12
将想说的含在泪中
被什么堵塞了
盐粒里听见了剑的跳动

13
能够想到的忽然间,虚空充实着
心跳在呼吸
而黑夜如同白昼
都不死

14
诗歌就是克制
是钝刀流出的泪滴
想象里的鲜红被你冲刷

15
不必说出,要隐藏
旁枝斜出
比羞涩还要狂
比怒还要嗔

16
这种拥抱的力量
只有你出生时,看不见的淋漓

只给你一个方向
在泥沙和洪流中

那时平坦的向往

接纳源流的抚摸
才有平原般的涛声回响于
正在阅读的时空

冶炼刀锋
涌着苦涩的奶汁
奔向甜蜜的允诺
照亮田畴的血脉

17
日常的日常
都可以并且能够在你的
心里眼里
成为温柔的一行
——思想

18
安静：周遭的一切味道、摆件
再深入进去，体香满溢
全然不知去向
做回自己的秘密
——否定了存在的声音
都还原为你想象中的
是是非非

19
更多的人
更多的纸
没能够写下超越
动物的本能
超大规模的废纸
穿在行走的动物身上

20
融化或冰冻
被思或思
没有虽然但是
路在经过你
断腰的枝干留存
皱叶优雅的遗憾
尽头一直没有回头
深埋着朽之间的新话

深 渊

强制屏蔽,另一层暗空
蜂巢定格夕阳
午后的关注凝神

杂陈的空气,脚步靠近森林
目的一晃而过

传来气息
——变色的蝉鸣
——归巢的绝境

戛然而止的钟声以后
地平线开始折叠

祈 祷

愿,是每一个时间的风
抹平额头上皱纹的叹息
轻盈的步态,是我年幼紧跟的音乐

蹒跚的白发,佝偻的抚慰
想你一直婀娜的封面
光景微笑着相册

我不愿长高,不愿
你成长为老年

你的风铃是我浪迹的衣衫

毛 衣

季节轮回
热浪袭扰
收拾平静的欲望
一件装备过冬的毛衣

丝丝软细,密密排排
已是儿时的尺寸
可以紧紧裹住身体

其间还有缠绕的青丝
那是母亲年轻的模样

这是最喜爱的御冬毛衣
穿在身上,就如行走千里时
满身都是嘱托
满身都是期望

回忆父亲

枝头嫩绿扑面树荫砸地
一张幼儿园的小课桌
有序地听擀面杖
在全麦面的香气中
唱着饺子的谣曲

月亮藏进西瓜又大又甜的夜晚
几条竹椅子
几把蒲扇
《水浒传》的人物片段
就将酷热驱散

河水开始干枯
鲜鱼睁眼看秋的天空
一根钓鱼竿
串起无忧无虑的童年

寒风来临
铁环游戏，陀螺旋转

盼新衣过年
几两棉几尺布
挑灯缝制新棉袄

每一季的色彩不同
每一天的日子照旧
每一个眼神超过训诫

走着走着

岁月重复又不停息
日历随时间翻阅
那个模样——已近碎片
眼前的很多幻影
就不是那时的猜想
依旧留下一滴
藏在苹果树丛的惊喜
坏心情有时记录在恶作剧
丢在路上的是背叛

昏黄的眸子偶尔放出乐曲
追随游戏中丢失的小手绢

不是选择

一辈子就经历两件事
来时亲人欢欣
去世亲人哭泣
——来去全没有印记
——过程让你一言难尽

一天就是两种心情
昼的纠结与虚度
夜的深沉和忘却

一生遇见两个人
爱人与敌人
——让你欢喜也让你挂心
——让你磨砺也让你刻骨铭心

指针不会逆时循环
脉搏却会日落西山
哲学接近选题

指　纹

独一无二的纹饰
遗传的密码
灵魂的标签

镌刻祖先的烙印
铭记独特的个性
母亲的十指已经模糊不清
不能印记在身份证的资料里存档

手指上的花纹呢
——已开在忙碌的早餐桌
——每一条抹桌布
——上学路上的牵扶
——揉搓的污领口
——粗糙的日常

日复一日，年复一年
母性的指纹花已在后人的手中
世世代代盛开

合 唱

乌云的前奏曲，酝酿翻滚
由远而近，序曲开始闪电
雷神指挥千军万马，奔蹄

疾风暴雨刺向等待吟唱的土地
江河热血，海浪滚滚
巨树折服，山峦盈眶

小动物或逃匿或躲藏
蹑手蹑脚的指挥棒
停滞在天宇的中央

众 生

必定肯定,在转瞬不远的将来
你一回神的某一个时刻
千姿百态的面孔,即便皱纹
也不复存在

你听不见源源不绝的哀嚎
只能无可奈何地被轮回替代

那个风花,那个雪月
定格的画面和相册
——唯一的档案
也只能悲叹或侥幸

不朽的终归永恒
那些瞑目的留在史册
涅槃在字里行间

尺 寸

被什么镀过,始终在其中
无边界的宽窄
钟
不问厚与薄,长与短

万古属于瞬息
长河仅仅为一浪
何人听见,无人看见渺无

一再重复没有结尾的眼神
任何故事的悲欢

肉体的夜晚不能超越

没有瞬间的孤灯休眠

叮咬的意义无处认知
推开门的无声的滑动中
你不代表笼罩的颜色

留着的开关的声音无考证
陶器囚在搁架,青黄不接

油碟和剩余残物
歧视淬炼
关照总是滞后

没有瞬间的孤灯休眠
错误无声地试图解释
唯我不愿放手
风扇刀的平剖——不在的裸体

第二辑

感悟,生活磨砺中的觉醒

重新凝视

重新凝视并想象永恒的那一刻
让空间里拥抱所有的过去
与未来的醉意

日子里的晨昏尽管简略
如身边无时间言说的花草与落叶
醒着的牵挂着的那双手和
语音中的念叨

正是愿意的曾经的首肯与默认

以什么智慧才可以

什么样的话可以让海说着
蓝色的土地重新冒出你
没能又想
流出的阳光明媚的眼泪

忘记在历史性时刻中的
每一个时间
母亲仍能表达英特纳雄耐尔

使后辈一直在
旋律里
醒着

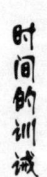

隆冬不会与夏天吻别

隆冬不会与夏天吻别
春风与冰雪的距离没有幻想
的敲门声

被故乡的天空拥有下
更显失语的孤寂
只有记忆在旧里翻新
共享聚集一起
现实中多了些过去的身影
如果有流浪的叹息
更多的是没有记住来历里
有更多的艰辛

如果往事中的流涕
已经不记得
在有生之年
还来得及喊出
——从来没有遗忘的感激

逃离并避免

逃离并避免除我之外的隐晦
海浪不仅仅冲击一条岸线
岛屿也不会接受孤立的冲刷

无雪和下雪的天气
冬泳考验初学者的毅力
这几天阴冷,只能室内取暖

多肉植物的经历,在这里必须人为
才能有情色
一半去了忘我的桃园

还没有到花季的垂怜
守住唯一的一粒尘埃
每个时辰都不应该辜负

红尘在这里安静

心里话在夜深人静时才明亮
吐出月亮——尽管冬季成了别人的新娘

沟通是太阳的西坠
仍然燃烧在另一个半球

在独处中可以掏心掏肺
路灯也可以让流浪猫鸣叫爱情

忽然想到水热火深不是病句
没有眼泪的酒可以读穿深渊的比例

青城山的幽静就是共同的宝藏
红尘在这里安静,在青山的树枝下深埋
过了,走过了,不需要回应
爱怜地,一同殉葬

留住了就是永恒

可以也应该是
每日的芬芳都在昭示
艳丽中有一直到永远的
不忘

没有因为和所以
只要记得并不忘记
留住了的就是永恒的
记忆

不能做喜欢做的事

我爱你单独的一半的电热毯
拔掉插头的辐射
请保持不能温存地睡眠

情话在儿子的身高中变异
不能做喜欢做的事
他也在爱中把颜料倒翻

夜的检讨还是没能露出明天
等我的动车开动
我必携花而至
共同让浪迹过的大海再次平息
浪尖上是我们相拥的呼吸

祭　日

停滞在不是寒冷的数九
这刮尽阳气的第一天，奸佞温和

坠入万劫不复
我凝固在冬至的下午
——成为孤儿

即刻起我就是孤儿
——泪。父亲看不见
——泣。父亲听不见
——我有呼吸
父亲却离我而去

残酷。我不愿意
——绝不
前一个小时还在点头示意
此刻，让我在深渊中失去
失去你的知觉，你的没有告诉的秘密

安详着如你的过去
没有痛疾和诧异是你一贯的祥和

我用劲想听清楚你突出的那一个词
你的眼睛轻轻地张开
将留下的血脉嵌进最后的记忆

我的父亲，我的父亲
记住了龙抬头，你的生日
铭记冬至，你的祭日

概预算如五里云

概预算如五里云
58—85 密码数字
全世界的专家都必须俯首

默念了百次、千次、万次
对着不再摆动的手势
面对不再喘息的心电数字
我们背离得撕心裂肺

只有我,你的儿子的年龄才懂
而你已经是停顿的单程票的图书

京剧、越剧、黄梅戏,再也没有耳朵了
他们满身的针孔已经被注满了
你没有了伤痛和长达一年的折磨

我对自己的折磨,从此开始
从此加深加重
只有我们父子俩才懂

在父亲病房

心内科、脑卒中科、针灸科、康复科、急诊科
仿佛是在医学院的某一个教研室
匆忙地辩解已经走投无路

签过无数的白纸黑字,以防万一的手续程序
相当于我们走过这一串门铃
必需的。签了无数次的关系
必须签字:父子关系
在医院认亲,撇清不是血缘的冷冰冰

罪该万死的最千刀万剐的冬至
活生生的路、活生生的家、活生生的你
永远离去,你没迈过这道坎,这个门
哪怕我们在计划如何过鼠年
和农历龙抬头的,你的生日

下手太黑太灭绝人性了
回去的这道门太重了
不再为你的咳嗽而推开

从此阴阳相隔
我说的你永远也听不见
你想说的，只有我们的记忆还在保存

希望有一种宗教选择第一句
我的父亲！

浓缩的长眠

过去的没人忘怀的不再归来
在永远里
视线驶出我们的嗫嚅

直到厚实的土地宽恕。让我们进入黑暗
藏在严肃的游戏里
永远不再出现

此地不是你的故土上停顿的乡音
只能按照漂泊的船长留下的没有遗嘱的锚
进入身影里曾经的探戈
滑出的舞步凝固在第一排三十六号
你面对的是永远与你分离的爹娘

这里是你妻子的故土
她的父母和乡情，相互问候
金沙的名字语音与你故乡一致

再见的日子不多

诞生和消逝
注册与注销
被人知与被人遗忘

天空照常冷静平淡
没有任何公开的消息

一扇门永远开着。永远
进来与出去都无声息
没有送别的仪式

还有一截日出与黄昏
有你点燃
我永远看不见,听不见
尽管在一起了这么多年

相信这种简单的孤寂
相信这也是一种病体

需要自己拯救自己
知道这很自然而然
总觉得在此寒冬
少了一件飘逸的衣衫

不虚此行

四月没有记录雨滴的夜色中留住了的行迹
那些曾经的已经被我们经过而没懂得的路径修改了
还有的记录只是没能再次抚摸
只有更新的遗憾与境迁

包括所有回忆中的黄金
从过来的背景中在遗忘与错过里
更多的是我们属于那一些没被说出的
重回五月天的焰火并温习羞涩的神情
终不悔在不完整中默许中

素 描

虚度了五十八级台阶的折射
盯着身后的铅笔尖,削了又削
断痕处总是扎心的粗糙

碎片在这个浓雾来临时
为照见周边的遗留
未穿透自诩的孤立的光线

反季节的风更加沉重
带来倾斜的语言
未到深埋的深渊
山的边界开始窒息

总在不能自已中戴着面具
落叶干净的树枝忍耐颤抖和对峙

坠崖的瞬间还未来临
那些时过境迁的谅解已经如花

谁 是

神经质的策兰
没有留下一句可以穿透的针眼

蓝蓝以最委婉的水灵视力
半明半暗地在文字里埋着神秘

我却以最简单的磨刀石
解剖几十世纪的无规则的游戏

只需要沉淀下城邦的无所谓
只需要还深藏着紧抓着的这一瞬

看见、体抚、深入的美妙
嗅闻、味蕾，亲手挖掘

忘记不朽就已经腐朽
你不是永恒的转经筒
——不是，不是醒来的轮回

谷 雨

系上四月说不清的语言
今日的余晖为往日画上句号
标点外面没有了起伏的动态

地铁铁了心地告知
雨水没有色彩
兑换一个预言的座位

下午茶的雷声已经点好
感觉在四面下降
玻璃窗滴下无知的清凉
何时看得见埋头的脚步
过去的晚宴重现

没有表示的动作里
一杯酒缓缓泛出谢意

舒服的时候

舒服的时候,在每一天的
所有活着的视线中
被感动和平静的生活状态下
没有任何借口让快乐的阳光
或想象中的月色
擦肩而过

时间抒情但是不说
任由你的欲望呈现于
每时每刻的唇边和
睫毛上

潜伏的课程

奢望没能走进潜伏的课程
白天没有你们的忙碌
行走窗台下的是无声的脚步
来往与擦肩的陌生

我知道黄昏合上了书页——
不属于我的尾声
她们在等待
我急匆匆而去，又来

今日三九

凸起的寒冷的穴位,将是遥远的
阿里峰作出的回应
倾泻进沉闷的浅潭
溅起浓稠的微涟——不认命的冰凌

排练的剧情对话,主角在云里雾里
请关照皲裂的树枝
抽芽——这颤抖的爱情
候鸟还在选择,不应该面临
雷暴和阴雨

日子被打扫了无数遍
我们的眼神是敏感
带着对种子埋进土里的呓语
祈祷风调雨顺的大地

而我不说

从冷了的陌生里
再次触手

如果有一次相识并不再冷落
我记得你的注目与爱怜

而我不说
只以我的本色
爱着这阴晴圆缺

独　语

你不在。仙客来
不能迷醉，仍在妩媚地触摸
打扫青石板上的积垢和落叶
拥抱是倾诉而战栗的
天空的乌云不想落下雨滴

醒了，醉了——你呀
感觉呼吸飞上了树梢

相逢与别离

时间的脚步从海边飞来
南边的骄阳也不可能在阴天
被早已迁徙的羽毛带过

都是荒郊野岭不知名的风
旋转着露出疯狂的手指
细眉上挂载母性的毛发
腰肢牵系轻声的回忆

那时的嘴脸游荡在何处
此时的追溯都起了皱纹
只要是森林就有爪的嘶叫
野的念头盖住了家的单薄

同是院墙下的影子
从此天南海北，看不见浪迹
院子里的金银花枯藤像老人
再也不说风凉话

选 择

种下的还处于等待,模糊洒在
寒彻的外套的封面
蚂蚁从苍白的一尘不染里
列着整齐的眼睛
无声地望着
你的惊恐

自责的苦雨在梅林深处
酒杯的辛辣溢出红晕

还是做一个耕夫吧
清理内心的腐叶
剪去瘦弱的腰肢
抑或做一个厨子
收罗三分地的青色,或许
将来的日子会有一份惊喜

一壶酒里的故乡

台词里闪烁天气预报的谎言
构成行走的前提
闷热的细雨牵引白天的轰鸣

话是放量的久别的古训
青石板上犹豫的青苔
短暂地唤醒走远的灵魂
始终如一患上了疾病

藤丝如儿女的变化
远隔一方，老宅念想渗出霉斑
去的路比来时近了很多

景色与草木混为丘陵
此时温着的一壶酒
没能浇灭欲言又止的相思

后 来

经历在粗略的寒雨里模糊
成为起句的寒暄
有了多余的默契

都在成熟里成熟
自己是自己的偶像
回避某一个时晨
留下肯定的笔迹
和不可明确板书的场景

那先于我们老去已经解脱
坡坡坎坎都被一地月光稀释
路从四通八达退进叶瓣的纹理
话的声调安稳如鸢尾

腊月的引子

遥望的三角梅，收官的腊梅
宫殿里最后的轻声细语
相互的姿态说着听不见的画面
——为谁守身如玉凭眺烟雨

青草憔悴的小路蜿蜒
急走的三条缰绳隔着渔火
可能是潜伏的图腾
面目婉转保持戒心

顺水而去的名字早已沉溺
空气的轰鸣里有犬吠
思绪柔嫩的摇摆不息

散步人间

铁根海棠有精致的冥想
茶花的舞裙旋转在清水河的音乐里
依依微风杨柳念着青词
——人间好软

我来自其中
用回忆抚摸
——忍耐具体的
——消瘦抽象的

一堵墙临近老化
另一堵日渐沧桑
而我只能遥想弥漫的喧嚣中
那悠扬的乐曲和刹那的欢喜

念　想

瞬间啜饮一杯红酒
江山未易容，刀锋隔世
轻描淡写地一茬茬倒伏
苍老融化更替为第一次的怀念

病身之间感受到了仓促
前世今生相互蒙蔽
留恋抚琴时的优雅
执着一地月亮的挽歌

玉兰的裙裾才上眉梢
春意的红梅已经知趣
寒意封门时节摘一句乡音
栀子花会给你一个念想

简单的真实

榕树老化,思路垂髫,斑纹深刻
河床裸露,流水不知淙淙去向
林间青翠已经成为旧事
怀念的偏执让人困惑在隐秘处
裹得更紧的是刺痛

初五的太平镇,热闹的逢场日
真相在农贸市场摩肩接踵地喧闹
细心挑选的山珍,带有泥土味的瓜果蔬菜
安静地蹲在低处,任口音挑三拣四
自上而下的讨价还价都是
需要与被需要

生存是简单的真实
山水的景色与此无关
雨后坑坑洼洼的污渍与此无关
走远的沧桑和传说与此无关

无　解

消息滴着八月的血液
刺破不通音信的曾经属于你的街道

猫咪的性格躲在沙发后背
舔舐着不可挽回的利爪

其实都可以成为夜幕下的虹霓
是你的月季在闪烁迷离

未来是不归路
发辫飘走香味的占据

成长的幼稚没人能够解救
无人识别异想天开、夹叙夹议
没有一个确切的结局

盛大是目光的泛滥

盛大是目光的泛滥,刻意被留下
舒展地将隐秘删除,迎春花气息荡漾着
战栗属于樱花,渲染刚能识别的风情

方言渴望嘴唇,那唯一的吸吮
乡音弥漫了陌生的面孔,感染和浸透肌肤
金黄色漂染历尽的盲点,翠绿的色彩恣肆

频频绽放的是唱和也是倾心
举起和放下都是瞬间
已经来临的,正在成为过往
远处山峦的花季被朝圣般充盈

痛苦的经过

我用右手挽着你的左臂
轻轻地如拥着精致的花瓶
温润细腻地体温和急促的呼吸
仿佛又回到那心跳的花季

此刻是医院是手术室
不是故事中
天上和人间的区别
我们一路经过翻页
又无数次怀疑：世界本身
就是事故的疾病
而现在的众生无言无语地默认

时间在煎熬里停止为惦记
痛苦在静悄悄的房间里麻醉
我在等待的徘徊中
铭记刀刃的力
正在滴血

三楼空间

更多的脚步都留在
这座五层楼的三楼空间内
时间被压缩为方形
四处都是白墙和简单的挂件
必不可少的挂历每年都是新的
画圈的日子就是最快乐的
与老朋友见面就是一种对过去的追忆
证明了留恋的是自己的经历

每天有两次下楼散步
沿着住宅楼的四周与熟人打招呼
与猫狗对视,与天空中的阳光拥抱

身体沉重地下坠,佝偻
地心引力大过了他们的体重
原来不是这样

当年他们是牵着我的

现在我要牵着他们了
腿已经重得不能支撑

乐趣在于休息散心
拒绝上老年大学和电子产品
总是重复着念叨，再念叨无数的话语

记得子孙的生日，每次都有红包
不去逛商场，不买衣物用品
只接受平时儿女的孝心

逢年过节、周末都盼望来团聚
他们会身心愉悦
和他们在一起时，我感觉到了如童年的小猫般依赖的温暖
尽管面对迟钝的他们的反应总有语言不合时宜
幸福总是大于酸楚，我想着把画面场景保留下来
一直延续、延续
但有一种由远而近的悲凉，不知在何处也不知何时发生
只想守着这些时日，不想让它猛然来临
我不知该怎么办
总想否认，总是无可奈何

时间不逆转，但是心可以在此留守、陪伴
这里是我的庙宇。有着鲜活的，历历在目的气息

有了团聚,就有了烟火旺盛
我愿在此长跪不起
在一起,过着平平淡淡的修行
真想让这时光停滞,幸福一直慢慢地淹没我

五月的父亲

五月停滞为一句不透明的
梗塞,躺在病床

你点头,代替复杂的对话
心知肚明地猜测

只有记忆的重量
发麻和僵硬
在喉结处蠕动

简单的音节里
虚弱的语言在溶栓
遗忘的名字在呀呀里
重新学步

病床前

倾斜的蝉鸣在暴雨过后
从比屋檐更高的树网里漏下
傍晚的暑热正在告别
进入下一个季节的序曲

我担心呼吸机的咒语
紧紧盯住心电仪波浪的数学题
昏沉沉的不眠属于揪心观测
——肺部感染的狂澜
——扩大的左心跳在攀岩

我正向你的身体走去
重复着你年轻时牵我的手
和拼装自行车的转动
你正在重复故去父亲煎炸忐忑的心情

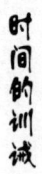

笑　声

专心的不眠成为值班的夜
小白昼在灯光里
看榻上的液体滴哒
唤醒戛然而止的熟悉声调

凝视此刻孤寂的围困
另一个身影趔趄
声音中断日子锈迹斑斑

"我听到了他的笑声"
"还是叫不出我的名字"
母亲从电话里冒出喜悦
仿佛重新回到熟悉的餐桌
及生活的细嚼慢咽

房间外面就是一个大医院
我们只是游离状态
忽略了生离死别的那一天

清晰的名字

尤其在宁静笼罩夜晚时
周围的身体都进入睡眠状态
如此清晰熟悉地叫出——喉咙被锁定
——语言被梗死
我的名字——你赐予的名字
从最深处蹦出

——复活的记忆
——重生的记忆
焦急等待了度过了季节轮替
我倾听这一步一步返回爱的颤音
从遥远得无法看透的煎熬和坠落中
猛然折回的父亲
清晰地唤着我的名字

哑　谜

尽管强忍会触及感觉的病变
夕阳下坠处，无风也无光
规律降临。除了将到来的如死亡的寂灭
有谁听见泣哭——那来自内心的黑暗

夜色在温存里注入低音
从上世纪的浪里潜回
钟声在发酵里埋藏
悠扬着森林里怀念的小径
——迷人的迷途

不缺少苦难，都是劳作
幸福的三餐喂养抵御
老卒中，失语症
于此刻的守护中，成为哑谜

呼嚎以外

嘈杂的人流排队，等着
听不见想听见的
清净，或者空旷里的声影

这里是拯救的弥撒窗口
也许是唯一终极地
自己在穿梭的目光里
都有不可宣说的秘密

平野之外的山冈，及草
之上的呼吸是撞击
没有简单的指认来自上苍
来世的倦意和眼前的霜露一样

我还在浅薄的泪水中
遮阳伞和遮阳帽不认识普照

黏稠的夜晚的哞声里
少了几声草原和江南

分行不能解决

给一座门楣
——没有形成教堂的界限
与你相处
——敬畏在心境的深谷

留一张空床与另一空床
容身在之间蹒跚
有的肉身已去人间
还有的疼痛进入拯救的修炼

窗内躺着格式化的程序
——一些不能解决疼痛的分行

抢救黑

乌鸦是黑色的轮回,在白昼
就是星星下凡的天使

本质让沉默的苏醒,会让苍茫
抓紧沙粒的揽绳

另一种藐视无惧地完成生灵
——草丛
——深深地深渊
唯睡眠不知

医院里的垃圾袋是黑的
黑色的轮椅不分祸福
叹息与疼痛压制了黑色的幽默

构造大师的愚昧与想象力的缺乏
编织一张黑色的虚伪

见过黑色的雪?

听过黑色的小夜曲？
没有黑话能见天日？
有黑色的滴液？
有黑灯瞎火？
有黑昼？

请为黑色敞开蔚蓝的童装
纠正紧闭的抢救室

后认知

自己是别人的自己
没有了自己中,有了别人中的自己
摆动的胳膊丢掉了街道的浓荫

落叶萦怀,心事不肯坠地
潮湿的枯叶里蝴蝶还在钟情
怀念的衣衫。有雪飘,有浓雾缠身

都是怀念的姿势的乡音
耳畔已经不是江南的水声
故道留下丝竹、吴语
最佳的陌生是隔世不再记起

什么也不能连贯地表述
听力的辨知力微笑着面对家谱的光阴
任性地震撼这个心里的冬季的暗喻

爱是短暂的无限的谱系
是永恒地撕裂后的无声的
有聚与散的距离

九月识

想到阴柔的嘴唇，音乐
起至淡望了一年的氛围
灯火迟迟未到，远山又近了

你的轮回还在疾驰
蜡烛的光晕里又多了叨念
紫色的袍衣藏进山道的岔口

回避是一种童话，可以在燕尾
形成九月的斑纹
疗疾的急诊在等候伺养

他们都在击掌
我们也喜欢认同
——此时的雨未识拐弯的秋风

独 思

见惯了，将麻木扯开来
没有血迹，仍有腥味
唇已嚼破咽进寒冷的人间
先于枯萎而失身，留着
独自飘零，泥土可以掩藏
那先我而去的，光已失散
从前属于陌生
偶然知道还能抽芽
都在短暂的停留中
相思成为废墟

寓言在过程中结束

侧面的光影是夕阳的余声
音乐的一部分在翻飞中
系住了四月的微风

闲适的碗盏里没有掩饰
咀嚼粗茶淡饭的盐粒
一口酒的距离纠结出深浅

味道里的教条是暂时的
背影会消失在钥匙的手上
寓言在过程中沉默

言不尽的微醺蹒跚着
走出各自的柴门

看 山

因为你的气息
我们承诺约定
来采撷清晨的露珠
在松枝上和你的鸟鸣

驻足仰望
你不语
环顾巡视
你不语

仅留下满眼的黛色
天边的飞白
来去的雾霭
脚下的蚂蚁

我顿时感到微小
感染一丝弥漫的禅意

离 开

退后的栅栏门隐入溪流的湖岸
远山下沉渐次在燕子的滑翔里
回归为收割的寂静
离开了小院那短暂的青绿

高铁的速度拉伸与都市的距离
花香和蛙鸣在时间的剪接里慢慢失去
又要归去
面对嘈杂和钢筋水泥以及
不眠的灯影

悬在半空是飘浮是游移不定
落在泥里的伤心不为谁语

自醒书

姓的祖籍在运河旁
江南的水袖绕着
县城虽小却有金子的光
紧随父亲跨进西南
收获了华阳国里羞涩的一页
谋篇布局了我的印迹

尽管没有了陶罐的低鸣
却有了天府的沃土听着儿歌成长
过去的始终会慢慢遗忘
说不清楚的步履
艰辛的时光里慢慢地生长
依次的片段驶进乡音

根的水系在江南流淌
没有背叛列祖列宗的厚望
本来身背蓉的名字
老家的所有人都这么唤
后来被简化注销

也就留下漂泊的桅杆

但是一个创字给了骨气
就有了不悔的轨迹
读书育人在商海登陆
阅读冷暖回味不可言说的非常
重温江南的乡语，才知故乡的水甜

西 去

一个问题无数次占据脑海
遇见节假日的空隙

西去西去犹如磁铁的召唤
不远处的青山和青山脚下
远非圣殿和朝拜的心情

那些没有被捆绑的
释放完整的在辽阔的气息中
尽情开放的田沃
安静的阡陌

酸枣　拐枣　柿子
蔷薇　玉兰　芭茅草
油菜　玉米　蒜苗

天籁中我又回到梦中的母爱

谈诗歌

不同季节的服饰一落座
初夏忙于掩饰枯叶
惊飞的乌云就此形成暗影
一堆酒后的词
深刻如傍晚的矢车菊

意念各自打开
沸腾的桌面顿时苏醒
话里有了采摘术
味蕾在咸涩里发芽

纠缠在廊柱上的红灯笼左右摇摆
火烛时明时暗
风解人意停在十字路口
斑马线敲击攸关的命题

不是恍惚的片段

离不开一种奔涌,仿佛始终
贯穿自己的身体,从生长
直至——仍然在其中或两岸寻找
被喧哗淹没孤独的发音

尽情濡沫这片宽阔的慈恩
其中的摩挲带着野味的神奇
无忧无虑的童鞋在这里开花
也在江南的雨水里感受遥远的慈祥
咽不进去的软语

注定以水为载体,经过灌溉
于岷江畔和云顶山下的沱江
展示水性,捡拾不再长高的嗓音
独自在黄昏前,饮下壮烈的文字
想象力最终抗拒了自己

在青城山脚下,种植一小片归宿
听江水回忆源头

看季节的翠云，没有了隔世
将自己变得无欲般晶莹
虔诚是可以永恒的符号

没有收获了多或更多
过路人说还有风景是等待

读石头

信不信由我
不可全信,更不能迷信
专挑浑圆的石头
砸向自己,额头肿胀
鼓起,就有了疼痛的想法
但是不敢砸烂
因为我是淘洗不出河沙的山

走失了中间的一个字

走失了中间的一个字
肯定超过腰斩的最大恶疾
毫无知觉,中年时候疼痛开始发作

水土饱含滋润,盆栽也是蓊郁
都是显而易见的容易
属于不可知,未来的多少
都可以诞生

只记得姓名后的字是亲人
嘴角里洋溢的软语
外套上的姓氏挂着江南的明媚
之间的蓉字被无故流放
如一种避讳

有了疲惫有了漂泊
才知道浪的高深莫测
曾经看过测字的幽深秘密
不敢一探究竟

幸运的是老家的亲人依然这样
呼我的名字
故而这辈子就如同口里是蜜
一直有着甜的比喻

老照片的距离

盛装的喧嚣已是久远
微雨属于一路蔓延的迷离
泡影曾经鼓胀
尾随并且开始苏醒
还可以挥霍
即将溃烂的少年

转眼间空旷用江水浸润
夕阳的咒语失去灵验
一树江花
生成安静的话语
浅酌镜头里的过去

调色板上与众不同的扮相
相互拥抱又转瞬背离
未开的花苞坠落成流星

追忆在老年斑中沉寂
说过的修辞攒进黝黑的皱纹
与逝去的遗言
还保持愧疚的距离

思 考

还不知道归宿的夹叙夹议
更不明白其中蕴含了多少黄金的歧义
无所谓关隘的瞻前顾后
沉浮在河里洗染
云烟皱在额头捞起惋惜

一成不变的季节燃烧
一段一段变幻的书记
纯真淡泊在你的疆域
多了些曲水流觞的花期
淡定在栅栏的内外

没有答案

这是一帮没有教堂的信徒
每天有念不完的经文
说不完的宣讲
算计大白天的公式

但是却分享天下的阳光
但是却无视淤泥的暴涨
但是却让爱心沦丧
但是却重复一个姿势

没有香火的仪式
每个信徒都不见怀揣的深眼窝
看循规蹈矩的木偶
仿佛世界与他无关痛痒

逃

只要有一丝缝隙可以容身
只要一年蓬有目视的距离
夜倒扣在半空
地气扎实

拥挤堵塞是街道的身份
会议中心程序井然
购物广场吞噬我的渺小

青城山有肃穆的深渊
脚下有善良的玉簪簇拥
够我短暂的安身立命

减 法

头发理得越来越勤
贴着头皮的短
正如日益滋生的匆忙

指尖愈来愈钝
不需要采摘庞杂的细节
火苗隐入地层

臃肿的各色外套陈旧了
正在努力克制褪色

认　定

永远高过仰望，被目光歌咏
低头的日子里
看不见抬头的月亮
多种表白都是夜色里的飞萤
证明无辜

没能说出的神情中只有认定的种子
才在怀里发芽
确定路上的风声没有异动
这不认知的符咒
光是你现在的表述
透彻千古和渺小的眼睛
望着你就可以甜蜜
无论盈与亏的解释

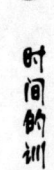

秋　聚

秋枝上的不同颜色种族
肤色不是今日话题
纷纷卸下忙碌
赶赴这次收割

以往的季节
都是开放
也不可能易容
谈笑间又各自都有所保留

沸腾的圆锅留出界限
器皿活色生香
掩盖嘈杂的淡定
聚拢就是主题
下一次的话语
还可以唇齿留香

一行病句

愚钝发痒,在手指的关节
麻木来自体内某一个病灶
弧线只能弯曲,停留在想你的一行病句

不合时宜的裙子在风里
溅出一身婀娜,竹椅战栗后退
空出一截距离
在晚霞的扉页上翻看

约好的时间空旷
明白理由的微风才是衬衫
在树枝边挂出投诚的旗
语焉不详地妄想
握手言和的字典合上

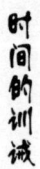

渡过愧疚的山门

一生都在读着
领悟馈赠里的自然
阅览自己,同时也阅览别人

方正的教科书上
在去丘陵的滩涂
沱江边上的云顶山和白塔寺

苗叶花果
余生短暂地聊着凝重
从云读到漏雨
再从秋读到深秋

错别字语法不通
答案断断续续修正

处事方略在青城山脚
渡过愧疚的山门

麻　雀

鸽子在天空朗读阳光的羽毛
城市人行道上的麻雀无意行礼
匆忙的人群匆忙，互相不通消息
身后的门已紧闭

它们已经没有了警惕
抑或互通了人性
不紧不慢地，啄着遍地的
毫无野性的微粒
并不担心基因遗传的厄运

想起青城山的林地
听见各色的鸟躲在隐蔽的叶子的保护中
始终难见它们旖旎的身影
我用呼哨向它们问好时
只见落地的风起，仅留我的孤寂

池 塘

离心跳很远,城市冷峻的边沿
淹没想象,沉积了语言的微澜
各种杂草丛生,透露活着的艰辛
蚊虫滋生自然舞蹈的欢乐
遗传变异深潜泥藻

溅出的蛙鸣击破宁静
击掌鼓琴于幽冥
石破天惊,迸出泪眼的星星
用清亮的喉咙忽略疼痛

已经不见游鱼,只有即将进化的尾巴
我将呼唤
沉寂中放歌

河 边

沙河老了,一声不吭
从身边慢慢挪走
土疙瘩路上,梧桐、芭蕉
兀自顺从
倾斜的屋檐下,茶杯还冒着清香

龙门阵里故事沧桑,不可逆转
各怀心事的微风把茶客邀来
老街坊的面孔神态安详

谈变迁,翻遗存,品老味道
望着对岸的嘈杂
看着夕阳慢慢带来一丝霞光

赶 场

隔三差五必须去超市
那些炫丽的服饰，充满异香的果品
形形色色的外地口音和方言
这些都闭耳不听，视若无睹

关心三餐中胃口的欲望
有机绿色蔬菜，整齐排列
采摘这种带来活力的绿色花瓣
果实，每一餐有了善待的营养

周末都去青城山下太平镇赶场
都是农家自产自销的季节蔬菜
它们满身泥土，滴着溪水的温度
散养般摆放得不成规矩

我打劫样将它们装满拖箱
像装满仙风道骨

身在其中

夕阳的欢快里,明显有
傍晚的花开。芬芳涌来
清新里载着雨后潮湿的腥味

提前了一个时辰,起伏的和声
从草堆里次第闪颤,她们都是
我的曲作者
蛙鸣在池塘的暗影里击鼓传花
蛐蛐相互晚祷

石板泛潮共鸣
音乐舒缓
——微风中,再次看到永恒的旧事

冬 日

这个,对
这个就是日子

遗孤的阳光,在短暂的豁口
稀有地镀着慈善
一闪

不能说出,出口已经是过去
陶罐、玉蝶、垂丝海棠
安静地修身冬眠

小蚂蚁在金黄的橙子边沿
丈量温度的周长

桂树、樟树、朴树们的网里
果核般的鸟闪烁其间
鸣叫如爽约的斑驳的花开

日子在不平庸的树杈里
我的影子在菊花丛编织的篱笆
映着暖光

更多的时候

更多的时候,河水泛着蠕动的喉咙
舔舐两岸端坐的风声
静听无言的词令

有什么值得难过地惦记
身后的金银花萎顿着小憩
竹椅的骨节处露出潮湿的芥蒂
坑坑洼洼的锈迹隐隐疼痛
屋檐的光有蛛网的诡秘

苦涩饮后变淡
咽下的未必不是另一种因果
岸边的鱼在重返沉浮
流向下游的影子回光返照

遗 忘

二伏天的及时雨，洗出了凉意的乌云
下个不停的铃声骤然惊醒
像是不知何处的叮咛，响了很久
没有接听，藏着不打开的秘密

已经走向远方的身影
善待听不见就心不烦的距离

一叠打印稿等待邮寄
地址拆迁、邮编模糊

细雨下个不停，落在看不懂的
门牌号和找不着北的过道

母亲的忘却

放大镜关进了抽屉
报纸折叠为废品
眼睛的姿势盯着天气预报

关心一日三餐和醒着的睡眠
小心翼翼利用余下的日历
绝不出远门：早年算命的咒语
起飞与降落的耳鸣
尽管记忆佝偻步履无声
却记得清家人的生日和礼品

话多的时候在晚餐后的牌局
话匣打开喋喋不休重复重复
眼前的欢乐就能忘却脑萎缩

立秋雨

倾倒出满天的湍急,溢出的神色
填满哀伤。告诫正在消失的
和我相关的散碎碑文

又诉说了一段怀旧的文字
一些眼睛替代了湿润
即将重返懵懂的荷塘,远方的
河湾处是否平静地折光

街道依次排列,门牌隐身
虚掩的窗里,晃动着说话
空蒙立在故事里
辨别不出敲击石板路的回声

聚散如倒影的星星,沉入河水的内心
身后有人一路尾随
走进遗忘的酒杯

秋风至

赤身悬在半空如这个时节
寒凉咳喘
静止的灯光巨大的笼罩
不眠倒伏，呼啸此起彼伏
草木惊慌失措
骤然四处奔突

枯槁的风穿过笔墨的空隙
魅影更加深重
过去的成为饮恨
减弱必然的断片
再收拾千山万水的行囊

绝不才是生还
理由将摁进抬高的火山

访拙政园

不敢提笔踩碎这天堂般的宁静
夕辉的秋色包裹亭台
无语环顾,小巧着楼榭

行李箱是此刻的败絮
打扰了翠柳、奇石、荷叶下的游鱼

骤雨留住空蒙。假山的穴口
传来修炼的回声
云烟繁华过,青灯已不在
薄纱窗里没有悬念

吆喝声中闭馆
身后留下冷清的园林、图案

红 杏

印在纸上的红杏已经泛黄
墙外的眼睛定格在消瘦的时间里
已经成熟,却视而不见
曾经的青丝,染上秋叶的飘雪

扫描的身体里的山川河流
血液中多了立体的文字
那时的月色,那时的雨声
敲醒深夜的呓语

审视成了必修的经文
散发的麦香从手中滑落
深深地叙述着一路经过的景色

温 床

西去,夜色中的高铁
猛然间像离巢的燕
在无障碍换乘处
期待一种更温暖的灯
心里都揣着
所以头也不回地静候在即将归家的站台

那里的月光洒满山冈和小路
在没有路灯的乡村路上,不用担心夜色的恐慌
那里的子夜时分,空旷如原野如夜色的海洋
听见远处与身后的波涛
嗅着秸秆与油菜地的味道
听着蛐蛐的小夜曲,充满着牧歌的梦幻

头上的云彩是一大片一大片的
比城里面更广阔,空气清新
芳香怡人,没有喧闹,没有灯红酒绿
没有暗中的坑坑洼洼

在这盛大的露天花园里
鸟鸣没有忧伤
如同我刚从母体分娩而至
可以自由呼吸的温床

没人回答

经历起起伏伏的半道
在山丘,能听见池塘内
吐出圆润的短暂的节拍
只有夜是忘我的

熟悉的老人去了天国
我还在赶路
身前身后还有熟悉的
陌生的喘息

从此他们卸下了所有的悲悯
与沉重
活在哀恸的念想中
被提及被挂念被珍惜
只是再也不能回答天真的问题

回忆的固执

第一次是没有记忆
包括啼哭
都在另一种欣喜里
哭就是怕
后来才知道

第二次是给我看
《三国演义》《水浒传》
给我讲故事、缝棉袄，带我回故乡
在高龄回故土祭祖回来后
没能熬过冬至
我哭得泣血，泪血闷在心里

第三次是我在重复没有四合院的遗憾
一杯温暖的晨水
一个深夜追问回家的电话
还有那种心头肉的割舍
立春的暖阳都是无言的酸楚

一遍一遍浇醒我沉睡的梦
是那四月的楚雨

一场如夏雨的空间中

此时此刻属于从来路回到昔径
从黑色的幕布开始一段没有经历过的从前
呼吸平稳，稍有一些心跳
更多的细节不在银幕中
爆米花与可乐凭存根领取
回忆在年轻的叫卖声里踮起了鞋跟
停留在还没有生锈的春熙路
一场如夏雨的空间中
人流正在感觉到同样的邂逅
或者是唤起另一种脉搏下
未曾而又想起
羽毛般的朦胧

时间之刃缓慢雕刻

时间之刃缓慢雕刻
变化的只有不认识的过往
亿万的形姿穿行于不相认的空间中
能点头含笑
记住了的才是往来的光影与惦记
于千万人吾往矣
那些眼神那些姿态那些迟晚的灯光
还没有表白如亏月的另一声无言
银杏的手掌里有忙碌的花季

诗　歌

坐在一起，时间会轻到遥远的时光
从头顶
飘来过去的故事
弯曲，稀疏
哽咽的时光在晶莹中躲闪
更慢地退到人间的深处
没有回声地以草木写出轮回

第三辑

回首，八十年代的青涩

距 离

树因盛夏的来临而丰满起来
喁喁细语不用风来传递
知了还在休息
舞步婆娑着泄露秘密

河的心泉流向遥远
落叶随季节飘去
对岸的炊烟
在呼唤

为了那一瞬间

从森林从峡谷从山涧
流出一掬醉人的清泉

没有落叶没有花瓣没有云影
带来透明的幽香

从此有了纸帆船的梦
有了水手的歌

尽管渴望海上的暴风雨
渴望高高的浪涛

童年的五彩球始终牵挂
遗忘在小河边的花手绢

气息芬芳倩影飘忽
等待您雕像的伟岸

为了那一瞬间的注目
为了分别后的重逢

感 受

唯有尝过离别的衷情
隔山隔水的呼唤才更有音韵

唯有思念的微风还没有熄灭
久别后的拥抱才会如此更加热烈

唯有聆听过那首摇篮曲
乳香才会把微笑馈赠

唯有那圆圆的月儿再次重逢
涟漪在心的池塘里才会温柔

因为您就是一切

不需要春的绚烂风的细雨
不需要夏的浓荫雨的怜悯
不需要秋的静美夕阳的壮丽
不需要冬的寒冷雪的飞舞
不需要在流浪中哭泣跋涉中停息
不需要在漫步中沉思十字路口徘徊
不需要让鲜花成为微笑的距离成为桥梁
不需要夜的安慰晨的启迪
——因为,因为您就是一切

只因有了您

哪怕是形影不离
千万次呼唤过的
我的母亲
也从来没有听到过
这样动情的声音
只因有了您

哪怕是不苟言笑
千万次叮咛过的
我的父亲
从来也没有得到过
这样的柔情
只因有了您

纵　然

纵然脚步踉踉跄跄
只要热爱生命
只要相信
就永远不会再失去

纵然将来还不是很清晰
只要不怕失败
只要心心相印
就一定会邂逅那个奇迹

致流星

是你的辉光闪烁
就不必为短暂的呼吸
栖滞在宇宙的轨道上叹息
黑夜的冷酷
地平线上永不休止的孤独
也泯灭不了你春青的不朽
你用血肉铸成的歌声和立体的生命
在理想的征途上
镌刻一条永恒的哲理

也 许

也许，你的窗口
飘出过一曲哀歌
但你的眼前，仍是
青春欢快地蹦跳着
续接青春的脚印
也许，你的瞳孔
滞留过一丝雨雪
但天空还舞着
斑斓的彩蝶
也许，你本来就是
一道永不封冻的溪流
一弯没有尽头的里程……
也许，你的微笑
是他病愈后的泪花
你的泪花
是他盛开的微笑

夜之思念

我是一个沉默无语的人
万籁俱寂的夜晚独思是我的习惯
那柔和的微风和带泪的鲜花
不被喧嚣的灰尘所污染
只有在这时我才开放
碧青的心莲
深邃的天空钻出了说悄悄话的星星
露出甜蜜嬉戏的微笑
伴着羞涩的弯月
和我娓娓叙谈
就这样
我知道了天外还有天
就这样
我知道了对明天的爱恋
每一个夜晚
星星都带着吹哨的风筝
把我牵引回天真的童年
在这时,沉默中的我
不会孤单……

忆

沉重的石板路
一级
一级
柔和着满天蒙蒙细雨
心的呼吸
是这样微弱
又因寒季的冷酷
变得如此急促
仿佛是两只手
抱着一个沉甸甸的希望
路是这样的遥远
为了同一个命运
为了相传在今日
我驮着深重的思念和祈求
来到这柔顺的
古朴的土地
那远山的呼唤
带着热烈的颤音
从无人烟的河谷扑来
又继续朝前

这　里

也许是历史的讥笑
也许是粗心大意的创造
你竟是这样一幅肖像——
无穷无尽的山峦
成为你皱纹般的面庞
成群结队的山花
也不能把你打扮得更加漂亮
没有现代化的高级住房
但一切却很庄重大方
这里就是我
生长的地方
一切不能如画
一切不能写进诗行
仿佛没有了搏动的心脏
我不能忘掉
这贫瘠的土地
我不能忘掉
曾经在此艰难分娩的
母亲的期望

无 题

童话诞生在冬天的森林
叙述着
在槐树下
外婆讲的那条大灰狼
它溜走了
躲进夕阳的摇篮里
于是在空漠的天空
我低声祈祷——
为山那边的小茅屋
为小径上远去的马车夫
把车铃
悄悄叩响、叩响……

第四辑

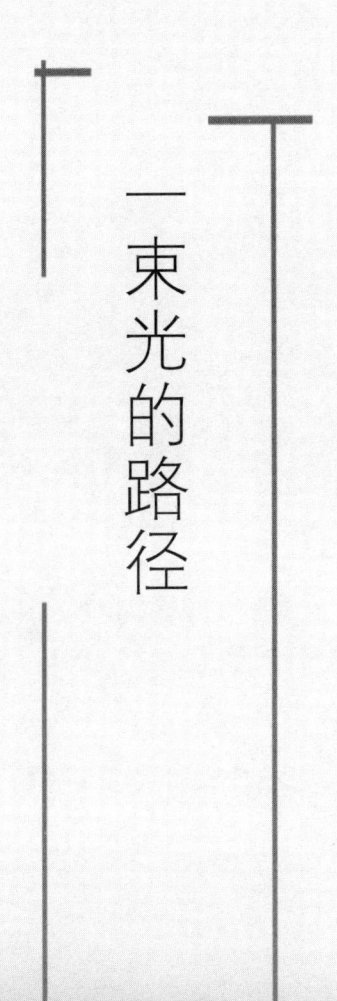

一束光的路径

冥思录

1

在想象中凝视,有无声的脚步,自己的衣衫在风里穿过,我们回忆在曾经的微语轻声中。

2

仿佛寺庙上空的鸽音,撞击行走着的沉默和还没有露出的表情,只有心事在苍穹中浓缩为良心的眼睛。

3

被某一枝爱而曲折,仿佛心理学缠绵在准备中,悖论的叛逆一如睁开的从未休眠的冲动力。

4

每一首诗都是她的灵魂哲学,却又像波澜淹没我的视线。

5

对于我的生活,我痛苦于我将失去这些痛苦。那就让痛苦吞噬,开出圣洁的带刺的玫瑰。

6

心中只有长江以南的故乡,即使在梦里。在百年以后,一直都是。

我只有在那里,我的乳名才是荷塘里的波光。

7

我们的态度和观察的视觉在同一个维度的侧面,它们静静地焕发着,慢慢地觉悟着。

8

月缺的夜,看不见另外的星星,生活放弃了不愿说出来的羞愧。

9

珍贵是自己的颜值。只有心中的那支笔才能写出自豪与尊严。

10

弦无时间等待,始终都处于弓的脱兔。

11

依然还在的铭记,是写不完可以追忆的那一刻的心跳。

12

有的诗句属于我们的灵犀,可以泛起沉默的涟漪。

13

根不对叶讲述结与不结果的结局,花永远在期待中有更多的超越,留住了一生向阳,就是本能的力量。

14

千万里路上风云不停,四季在昼夜交替中默默不说话,那一刻的雨滴让我看不清天空的湛蓝,和那个日升的方向。

15

此刻的心情是否在等你的回眸,并记住曾经与现在的影像。

16

今朝之呼与吸共享时间的考验而不变,未能表达的自己还是在原来的地方。

17

如果有一次相识不再冷落,我记得你的注目与爱怜。而我不说,只以我的本色,爱这阴晴圆缺。

18

愧疚在文字里没有醒来,或者是醒着的醉酒当歌。

蚂蚁在树上结出果实,海面露出起伏不定的容颜。

故乡软语

1

乡音已隔万重山水。从西部的高空俯视，云彩灿烂，静止不动。留给我足够的空间驰怀的是长久的时间，不停地眺望。已经做了一万次的假设：陌生人、陌生的口音，在水天一色的血脉里，依然还有最亲昵的举手投足。

2

陌生人、陌生的语音，恍如隔世。在同一片云层下的雨帘中，对答中有一些假装的认可，绝不是假装，是对故乡山水的认同。我仅仅是一粒游走的石子，洗净了圆滑，留下了赤忱的心，所以没有被风化。

3

秋在云层中，凝结无限的想象：高原、沙漠、丘陵、河流、山岭，距离在一片白茫茫中有了翅膀。从盆地到鱼米之乡的江南，飞翔的羽翅南返南迁，南方的水草温暖，有儿时的一床记忆。

4

江南的鱼米、味觉的天堂，浸泡在甜蜜的感受中。高天、瘦水、石板路、星星都有温和的声音。

5

渡口已经成为遗址,我们在另一条河上苦心摆渡,无水、无河、无船桨却波澜壮阔。南来北往为每一天的生活起居,行色匆匆。

6

同姓的妹妹,距离很远,可太阳照耀的时间都一样。一个在金陵古都,一个在金沙古城,我在成都平原。整个家族里的妹妹,她们与我有共同的祖先。她们成长在鱼米之乡,我留下的是平原生活。水边岸边离我很远,山川是我周末的寻求。

7

祖辈还在的时候,故乡两个字短而轻,心里却是很重的牵挂。他们已经去了很远的地方,故乡也不会变得生疏。故乡是我的念想,血脉里有更多的色彩是由她点燃。墓依然睡在曾经里,我的泪眼模糊。

8

江边北固山下,一把年纪的老者还在闻江南雨扑面的味道。平畴千里,丝竹管弦梦里惊醒。鱼米乡,咀嚼儿时的故事,古旧的石板路,古旧的烟雨,还有水乡密布。我年轻,江南却很古老,我可以书写文字,让我的江南在我心中的博物馆,沉淀为纪念。

9

什么是秋风、秋水、秋声,什么是一种明知却无奈的寒意。酷夏已过，紧接的秋意开始尽情蔓延。离开故土的距离愈来愈远，游子的心总是漂泊在风里。我在祖宗面前许一个愿：不论走向何方，根在此，枯也在此。

10

心在故乡，身为异乡。凉风浸骨病体无处安放。四角菱独特的辫子还在童谣与溪水边行走，荷叶枯瘦，野鸭的叫声代替寒蝉，短吟在夕照的歌里，让天空的愁云变得惨淡。这个时候的傍晚，只宜相思，随西去的夕阳回到故乡。

11

金陵古都的秋意，阳光有些炽热，风却在随处扮演凉凉的角色。在一个开始薄凉的下午，古城的阳光已退却三分之二，古城里的异乡人在寒意中等待次日阳光的温暖。

12

走在原野，视线不平原，眼光不水乡，只有孤单的影子还在路上行走。残缺的月光映着西边的江水，两岸的树枝已过盛开的花期。乡愁已刻在骨子里，故乡，魂牵梦绕。

后　记

在写下"后记"这两个字的时候,我长长地舒了一口气,历时两年,这本书终于要和大家见面了。内心的忐忑无处躲藏,"怀胎十月,一朝分娩",总是既期待又紧张,好歹也算是瓜熟蒂落。

在时间的长河里,我只是一粒小小的流沙,是一个过客。春去秋来,世事浮沉,什么样的人生才算是有意义?于我而言,写诗是终其一生都在努力追寻的梦想。这不仅是一种创作和表达方式,也是一种生活态度。我不愿恍惚一生,而诗歌,可以让我回归内心,回到生命的本源,找到属于自己的那一缕微光。

我的诗歌虽然还在蹒跚,但时间的路却是无尽头的,不会停留片刻。缝隙里的我,陪着这些善良的想法在瞬间与之相逢,在不起眼的某一个地方,它会替我迎接我曾经拥有过的欢欣与沉默。也希望读到这本诗集的朋友能感受到我诗中的阳光花海、山川日落,以及人生百态、坎坷曲折,如果能有那么一两句入了你的心,那便是对我最大的鼓励,亦是我莫大的幸运。

我的诗歌创作至今还不可能了结,每日三省而作,伴随生命的呼吸与感受,直至老去,直至提不动笔。

感谢我的同学李铣在百忙中为本书作序,感谢在诗集的写作与整理中给予我帮助的朋友们;感谢时光的馈赠,感谢岁月的接纳,感谢世间万物的包容。生命不止,诗心不老,愿诗歌千秋万世。

作 者

2022 年 12 月